Nota para los padres y encargados:

Los libros de *Read-it! Readers* son para niños que se inician en el maravilloso camino de la lectura. Estos hermosos libros fomentan la adquisición de destrezas de lectura y el amor a los libros.

El NIVEL MORADO presenta temas y objetos básicos con palabras de alta frecuencia y patrones de lenguaje sencillos.

El NIVEL ROJO presenta temas conocidos con palabras comunes y oraciones de patrones repetitivos.

El NIVEL AZUL presenta nuevas ideas con un vocabulario más amplio y una estructura gramatical más variada.

El NIVEL AMARILLO presenta ideas más elevadas, un vocabulario extenso y una amplia variedad en la estructura de las oraciones.

El NIVEL VERDE presenta ideas más complejas, un vocabulario más variado y estructuras del lenguaje más extensas.

El NIVEL ANARANJADO presenta una amplia de ideas y conceptos con vocabulario más elevado y estructuras gramaticales complejas.

Al leerle un libro a su pequeño, hágalo con calma y pause a menudo para hablar acerca de las ilustraciones. Pídale que pase las páginas y que señale los dibujos y las palabras conocidas. No olvide volverle a leer los cuentos o las partes de los cuentos que más le gusten.

No hay una forma correcta o incorrecta de compartir un libro con los niños. Saque el tiempo para leer con su niña o niño y transmítale así el legado de la lectura.

Adria F. Klein, Ph.D.
Profesora emérita, California State University
San Bernardino, California

Editor: Patricia Stockland
Page production: Melissa Kes/JoAnne Nelson/Tracy Davies
Art Director: Keith Griffin
Managing Editor: Catherine Neitge
The illustrations in this book were created in acrylic.
Translation and page production: Spanish Educational Publishing, Ltd.
Spanish project management: Jennifer Gillis/Haw River Editorial

Picture Window Books
5115 Excelsior Boulevard
Suite 232
Minneapolis, MN 55416
877-845-8392
www.picturewindowbooks.com



Printed in the United States of America.

**Library of Congress Cataloging-in-Publication Data**
Blair, Eric.
Pecos Bill / por Eric Blair ; ilustrado por Micah Chambers-Goldberg ; traducción, Sol Robledo.
p. cm. — (Read-it! readers)
Summary: Relates some of the legends of Pecos Bill, a cowboy who was raised by wild animals, once roped a whole herd of cattle at one time, and invented Texas chili.
ISBN 1-4048-1658-5 (hard cover)
1. Pecos Bill (Legendary character)—Legends. [1. Pecos Bill (Legendary character)—Legends. 2. Folklore—United States. 3. Tall tales. 4. Spanish language materials.] I. Chambers-Goldberg, Micah, ill. II. Robledo, Sol. III. Title. IV. Series.

PZ74.1.B53 2006
398.2097302—dc22
[E] 2005023785

# Pecos Bill

por Eric Blair

ilustrado por Micah Chambers-Goldberg

Traducción: Sol Robledo

Con agradecimientos especiales a nuestras asesoras:

Adria F. Klein, Ph.D.
Profesora emérita, California State University
San Bernardino, California

Kathy Baxter, M.A.
Ex Coordinadora de Servicios Infantiles
Anoka County (Minnesota) Library

Susan Kesselring, M.A.
Alfabetizadora
Rosemount-Apple Valley-Eagan (Minnesota) School District

Pecos Bill era el menor de una familia de dieciocho hijos.

Su familia decidió mudarse al Lejano Oeste cuando Pecos Bill era un bebé.

El bebé Bill cayó al agua cuando la carreta cruzaba el río Pecos. Ni sus hermanos ni sus hermanas, ni su mamá ni su papá se dieron cuenta para sacarlo.

Bill estuvo flotando en el río hasta que una mamá coyote lo sacó del agua.

Adoptó a Bill. Lo crió como si fuera uno de sus cachorros.

Bill creció en el monte.

Era amigo de las serpientes
de cascabel y de los pumas.

Bill creía que era un coyote. Un día, un vaquero lo encontró durmiendo en el suelo.

El vaquero le enseñó a leer, a sumar y a montar.

Pecos Bill era un vaquero famoso. Nadie más podía montar su caballo: el Rompehuesos.

Bill era un experto en montar potros broncos. Podía montar y enlazar mejor que nadie.

Una vez, Pecos Bill enlazó toda una vacada al mismo tiempo.

Otra vez, Pecos Bill montó un puma por todo el pueblo para ver qué cara ponían los vecinos.

Años después, enlazó un tornado para salvar al pueblo. Después, sólo por diversión, se fue en el tornado a casa.

A Pecos Bill también le gustaba cantar. Compuso una canción de cuna para dormir las vacas.

Nunca se iban de noche porque estaban durmiendo.

A Pecos Bill también le gustaba nadar. Fue así como conoció al amor de su vida.

Un día estaba nadando en el río.

De pronto, Slue-Foot Sue pasó a su lado montando un pez enorme. Sue era la mujer de sus sueños.

Sue aceptó casarse con Bill pero sólo si la dejaba montar su caballo Rompehuesos.

Nadie además de Bill había montado a Rompehuesos y quedado vivo.

Cuando Sue montó a Rompehuesos, el caballo la aventó al cielo, más allá de las nubes y la Luna.

Sue aterrizó sobre Rompehuesos.

El caballo quedó tan asombrado
que nunca más la aventó.

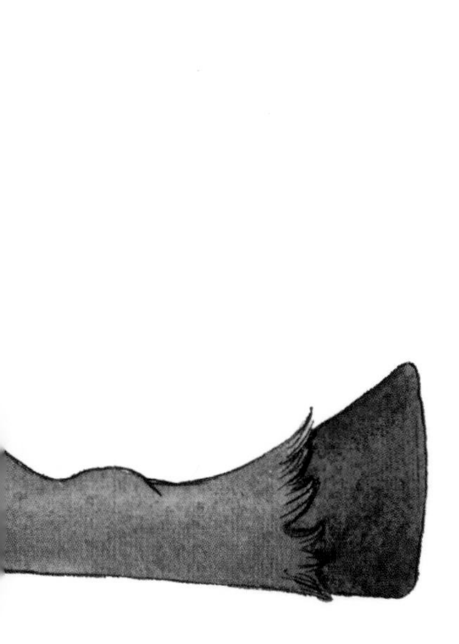

Pecos Bill y Slue-Foot Sue se casaron ese mismo día. Juntos montaron peces enormes, enlazaron tornados y vivieron felices para siempre.

# Más *Read-it! Readers*

Con ilustraciones vívidas y cuentos divertidos da gusto practicar la lectura. Busca más libros a tu nivel.

CUENTOS EXAGERADOS

| | |
|---|---|
| *John Henry* | 1-4048-1654-2 |
| *Johnny Appleseed* | 1-4048-1655-0 |
| *La leyenda de Daniel Boone* | 1-4048-1656-9 |
| *Paul Bunyan* | 1-4048-1657-7 |
| *La pistolera Annie Oakley* | 1-4048-1653-4 |

¿Buscas un título o un nivel específico? La lista completa de *Read-it! Readers* está en nuestro Web site: *www.picturewindowbooks.com*